Un papa en vacances

ISBN : 978-2-09-255795-2
N° éditeur : 10221240 – Dépôt légal : juin 2015
Achevé d'imprimer en décembre 2015 par Pollina (85400 Luçon, Vendée, France) - L74766

SUSIE MORGENSTERN

la famille trop d'filles

Un papa en vacances

Illustrations de Clotka

un

Que faire quand personne ne veut la même chose ?

La mauvaise nouvelle est tombée : Ariane ne peut pas quitter sa mission aux États-Unis cet été. C'est Arthur qui a donc été chargé d'organiser les grandes vacances avec les enfants. Pour le mois de juillet, il va jongler et les caser la journée dans des stages et chez des amis. Reste le mois d'août… Les enfants imaginent déjà chacun leurs vacances idéales.

Anna n'a qu'une envie : passer quatre semaines en pyjama à traîner de grasses matinées en journées vides. Son emploi du temps commencerait à quinze heures et finirait à dix-sept heures. Ce créneau serait réservé à… rêver. Quand elle aurait chaud, elle prendrait des bains moussants rafraîchissants. Plus besoin de s'occuper de son frère et de ses sœurs, plus d'ordres à donner : elle ne parlerait à personne et vivrait à l'intérieur d'elle-même sans bouger jusqu'à la rentrée.

Bella, elle, aimerait en profiter pour remplir la pile de cahiers blancs qu'on lui a offerts ou qu'elle a achetés tout au long de l'année, avec des poèmes, des nouvelles et peut-être même un début de roman.

Cara adorerait aller au festival de théâtre d'Avignon.

Dana, de son côté, aimerait repartir avec Grand-Mère Léo dans un hôtel de luxe pour apprendre l'art d'être une princesse.

Elisa voudrait passer tout le mois d'août avec son ami Eliott à imaginer et créer de nouvelles chorégraphies.

Passionnée par le piano que la famille a depuis peu, Flavia ne veut plus le quitter : pas question de voyager pour elle !

Et Gabriel n'a qu'une envie : jouer au foot avec ses copains du quartier.

Bref, chacun a un projet bien précis, mais leur père a déjà un programme très différent en tête…

Depuis tout petit, Arthur a un rêve de vacances parfaites. Et depuis tout petit, Arthur est frustré : sa mère n'a jamais pu l'emmener où il aurait voulu. Impossible

de se rattraper avec Ariane : comme Dana,
elle aime les hôtels douillets et les repas soi-
gnés, et ça ne colle pas avec son souhait à
lui. Chaque fois qu'il l'a évoqué, son épouse
y a mis son veto. Alors, cet été, Arthur veut

profiter de ce que sa femme n'est pas là pour réaliser un de ses plus anciens rêves.

Comme Billy part en vacances en Irlande, il sera seul avec sa progéniture. C'est la première fois, mais ils sont grands maintenant.

«Pas de problème, se dit Arthur. Plus de couches ni de biberons!»

Il y aura des règles à respecter et des corvées. Et puis il a encore tout le temps d'y penser pendant le mois de juillet, tant que Billy est à la maison et que les enfants sont bien occupés…

***

Un soir, Anna surprend son père penché sur une feuille de papier, un stylo à la main. Il rédige une liste :

- tentes
- tapis de sol
- sacs de couchage
- oreillers gonflables
- lampes torches
- couteaux qui coupent
- K-Way
- kit de couture
- spray anti-moustiques
- tapette à mouches
- trousse à pharmacie
- glacière
- réchaud à gaz
- allumettes
- gamelles
- assiettes et couverts
- jeu de cartes et jeux de société

Anna rit intérieurement : en même temps qu'il écrit, il recouvre la feuille de sa main, comme un élève qui refuse de partager ses réponses pendant une interro.

Il veut ménager la surprise à ses filles et à son garçon.

Mais avant de leur annoncer quoi que ce soit, il va demander qui, parmi leurs proches, a du matériel à prêter… Et il achètera ce qui manque.

Arthur a hâte d'être en août, heureux de quitter ce monde matérialiste pour passer un mois en pleine nature, observer la vie sauvage, apprendre à mieux connaître ses enfants sous un ciel bleu en montagne... ou ailleurs, peut-être...

«Le bon air pur va faire un bien fou à Gabriel», se dit-il.

Le même jour, étonnés, les enfants découvrent leur père, un grand sourire aux lèvres, en train d'allumer un feu dans la cheminée. En plein été! Ils ne savent pas qu'il s'entraîne...

Au milieu du mois de juillet, Arthur les laisse seuls avec leurs interrogations et s'envole pour les États-Unis, où il rejoint Ariane pour une deuxième lune de miel. Pendant ce temps, la petite bande, sous la garde de Billy, essaie de percer son secret et de deviner ce qui se trame.

— Je suis sûre qu'on va aller dans un village de vacances avec buffets à volonté, et où des animateurs s'occuperont de nous dans des mini-clubs débiles pendant que papa se dorera la pilule, ronchonne Flavia.

— Ce serait plus le genre de Grand-Mère Léo, dit Anna. Et puis j'ai vu papa faire une liste… comme s'il réfléchissait à toutes les choses qu'on doit emporter.

— Une liste de monuments à voir dans une grande ville européenne, comme Rome, Londres ou Athènes ? imagine Cara.

— Oh ! Par pitié, pas ça ! s'exclame Gabriel.

— On ira peut-être dans les Alpes suisses sur les traces de Heidi ou de la famille von Trapp ! s'enthousiasme Dana. On dormira dans un bel hôtel et on se promènera dans la montagne en chantant.

– Et si c'était plutôt un voyage en Irlande, pour mieux comprendre notre cher garçon au pair? suggère Bella en regardant Billy.

– Je pense pas: il m'aurait dit, répond celui-ci.

– Peut-être qu'il nous emmène à Moscou pour voir le ballet du Bolchoï.

– Ça n'intéresse que toi, Elisa! proteste Flavia.

– Je sais, je sais! On va aller à Disneyland Paris! se réjouit Gabriel.

– Pendant un mois? Non, on va sans doute rester à la maison, espère Anna. Ce serait plus simple pour lui.

– Alors pourquoi faire une liste? s'étonne Bella. On a tout ce qu'il nous faut ici.

Décidément, les enfants n'ont pas la moindre idée de ce que leur père a prévu pour les vacances. C'est presque inquiétant…

– Si on n'aime pas son idée, on peut refuser, proclame Flavia.

– Non, la corrige Dana. Tu sais bien que ce sont toujours les parents qui décident.

– Et puis peut-être que ça va nous plaire, la rassure Bella.

– Moui, lâche Anna, moins sûre que sa sœur. De toute façon, Dana a raison : contents ou pas, on sera bien obligés de le suivre.

***

Comme tous les soirs, Arthur et Ariane appellent leurs bambins après le journal télévisé.

Chacun fait alors le résumé de sa journée et de ses activités, tout en essayant de percer le secret des vacances mystère.

– Je vous l'annoncerai dès que je serai rentré, promet Arthur, parce qu'il faudra qu'on prépare le départ.

Ah… ils ne vont donc pas rester à la maison comme l'espéraient certaines.

– Zut ! pestent Anna, Flavia et Bella.

***

À son retour des États-Unis, Arthur souffre du décalage horaire et dort trente-six heures d'affilée. Quand il sort de son lit, il se met à bouger tous les meubles du salon avec Billy. Puis il forme quatre cercles avec une corde. Au centre, il installe un réchaud. Il place enfin des sacs de couchage – quatre prêtés et quatre achetés – dans les cercles.

Un plan à la main, il indique à chacun des enfants où se mettre. Pendant qu'ils essaient leur sac de couchage, Arthur fait chauffer de l'eau dans une casserole posée sur le réchaud à gaz.

– Alors, qui a deviné ce que nous allons faire en août? On va d'abord s'y préparer à la maison, mais après nous serons en plein air, en pleine nature, à respirer à pleins poumons!

Les filles n'osent pas dire tout haut ce qu'elles pensent tout bas, car ça se résume à un gros mot vraiment gros. Quand elles voient leur père verser de la soupe en sachet dans la casserole d'eau bouillante, elles comprennent que c'est la fin des haricots.

Dana ne peut s'empêcher de demander:

– Est-ce que Grand-Mère Léo peut venir avec nous?

Elle sait que sa grand-mère leur trouvera toujours le meilleur hôtel et qu'elle n'acceptera jamais que ses précieux petits-enfants dorment à même le sol…

– Tu plaisantes ! Éléonore n'est pas du genre à apprécier ce type de vacances ! Il est temps de vous endurcir un peu, les enfants !

Un peintre qui passerait dans le salon des Arthur à ce moment-là pourrait réaliser une belle série de tristes mines. Tout le monde fait la grimace, sauf Arthur, qui sourit en touillant la soupe infecte avec une cuillère en bois.

– Comme vous l'avez compris, je vous emmène camper ! Ça va être formidable !

– Il y a une baignoire au camping, papa ? demande Anna.

– Et un piano ? chuchote Flavia, qui se doute de la réponse.

– Eliott peut venir avec nous ? tente Elisa.

– On va où ? Est-ce que c'est près d'Avignon ? s'inquiète Cara.

– Mes chéris, c'est un retour à la nature. On va renoncer à un certain confort. Ce soir, nous allons faire une répétition générale, comme si nous étions dans la forêt. Nous allons manger la soupe et nous coucher.

– On peut traîner nos matelas jusqu'ici ? demande Dana.

– Non, on va vivre à la dure, un peu. Ça forge le caractère.

– Les oreillers au moins ? S'il te plaît ?

Intraitable, Arthur fait non de la tête.

Gabriel commence à éternuer. Arthur a acheté des sacs de couchage anti-allergènes,

mais peut-être que ceux qu'on lui a prêtés ne conviennent pas à son fils. Le pauvre tousse tellement qu'il en recrache la soupe sans saveur.

– Il y a des restes au frigo, propose Anna.

– Et de la glace dans le congélateur, ajoute Elisa.

– Il y a surtout des enfants gâtés ! s'emporte Arthur. Il va falloir revoir votre éducation !

«Il serait temps ! pense Anna, qui veille sur son frère et ses sœurs depuis un bout de temps. Et bonne chance ! Ça ne va pas être simple de changer nos habitudes.»

Ce n'est vraiment pas gagné pour Arthur. Comme Anna reste la chef de la fratrie, elle leur demande de manger la soupe et de se coucher. Le matin finira bien par arriver, les rassure-t-elle.

***

Le lendemain, quand Arthur ouvre les yeux, il est tout seul dans le salon. Tous ses poussins se sont envolés. Il se lève et entre dans la chambre des filles, où il découvre six Belles au bois dormant. Gabriel est dans la cuisine, en train de tartiner une baguette que Billy est allé chercher avant son départ pour l'aéroport. Sa valise est près de la porte.

– Bon voyage, mon grand ! lui souhaite Arthur. Bonnes vacances ! Reposez-vous bien et revenez-nous en forme ! C'est vraiment dommage que vous ne partiez pas avec nous : j'en aurais bien besoin !

– Anna grande aide. Cara aussi. Ce sont bons enfants. *No worry !*

— Tu m'emmèneras en Irlande, un jour ?
demande Bella en entrant dans la cuisine.

— *Next summer*, l'Irlande ! promet Billy.

— Si nous survivons à cet été-ci, grogne-
t-elle.

deux

En route !

— Un seul sac à dos par personne, ordonne Arthur.

Avec cette bande de mollassons, il sent
qu'il doit faire preuve d'autorité.

– Pour tout un mois ! C'est impossible,
papa ! pleurniche Dana.

– Débrouille-toi. Un sac à dos et basta !
insiste son père.

– Je t'aiderai, Dana, propose Anna,
comme toujours.

– Et mon ballon ? s'inquiète Gabriel.

– On le mettra à part.

– Et mes chaussons de ballet ? demande Elisa.

– Ce sont des vacances ! On part pour se changer les idées, pas pour faire ce qu'on fait le reste de l'année ! On va prendre un bon bol d'air pur dans la nature, explique Arthur.

– Comme si on pouvait débrancher une passion… s'indigne Bella.

Les sept enfants se regardent. Ils n'ont pas besoin de parler pour se comprendre. Même Flavia sait ce que c'est, maintenant qu'elle est tombée amoureuse de son piano.

– Chacun fait son sac et me l'apporte pour que je charge la voiture. Anna, surveille ce que ton frère et tes sœurs emportent ! Pour caser les tentes et tout l'équipement, plus huit personnes, il faut économiser la place.

– Je vais appeler Grand-Mère Léo pour lui dire que nous partons, tente Élisa. Mais au fait, on va où exactement ? Il faut la prévenir.

– Il vaut mieux pas. Je préfère que nos vacances restent un secret.

Arthur connaît sa belle-mère : elle trouverait son idée dangereuse et volerait au secours de ses petits-enfants. Elle serait même capable d'organiser leur enlèvement.

– Mais à nous, tu peux le dire, quand même, où nous allons, le supplie Anna.

– Dans le Périgord.

– Voir la grotte de Lascaux ? se renseigne Bella.

– Oui, j'aimerais vous la montrer, pour

que vous puissiez admirer les dessins préhistoriques et la naissance de l'art.

– C'est loin? demande Flavia.

– Environ cinq cents kilomètres. Ce n'est pas la mer à boire.

«La mer, pense Gabriel, voilà ce qui aurait été chouette pour le mois d'août!» Il aurait pu se faire des copains sur la plage et jouer au foot dans le sable. Alors que le Périgord, il ne sait même pas à quoi ça ressemble.

Heureusement qu'Anna contrôle le contenu de tous les sacs à dos. Gabriel a mis dans le sien six albums et une affiche de son idole de foot. Mais aucun slip, pas de maillot de bain et de pyjama, et encore moins de brosse à dents.

Flavia, elle, voudrait emporter ses partitions.

– Pour quoi faire ? l'interroge Anna. Tu n'auras pas de piano sous ta tente !

– Peut-être qu'on en trouvera un quelque part, espère Flavia.

– Allez, va les reposer et chercher des petites culottes et des tee-shirts !

Dana ne se voit pas voyager sans ses jupes ni ses foulards, mais elle en oublie ses pantalons et sa brosse à cheveux.

– Tu seras plus à l'aise quand tu devras t'asseoir dans l'herbe ! lui explique son aînée.

Bella a modestement placé un seul cahier dans son sac. Elle compte tenir un journal. Elle a déjà commencé avec un poème :

Papa veut que nous dormions par terre,
Il aimerait qu'on vive au plus grand air.

Faire du camping est son rêve,
Mais nous, ses enfants, ses petits élèves,
Est-ce que nous devons le suivre ?
Pendant un mois, survivre ?
Il pense que c'est vachement mimi
De vivre à la dure ! Un tsunami, oui !
En principe, les enfants ont des droits ;
Pour l'instant, c'est lui qui fait la loi.

Pendant ce temps-là, Arthur peine à caser le matériel de camping dans le coffre de la grande voiture à neuf places. À force de déplacer sacs et autres bagages, il est en nage.

Anna prend les autres à part.

– Écoutez, ça ne sert à rien de faire la tête. Après tout, il pense bien faire. Alors on est de bonne humeur, on sourit, et c'est parti ! Vous allez voir, on va s'amuser !

dit-elle, sans conviction mais en affichant malgré tout un grand sourire pour donner l'exemple.

Mais ses sœurs et son frère sentent bien qu'elle ne croit pas un mot de ce qu'elle raconte.

– Tout est chargé, on peut y aller ! crie Arthur.

Il ferme la maison, attribue à chacun un siège dans la voiture et démarre en chantant.

Au bout de dix kilomètres à peine, Arthur lâche un énorme juron.

– J'ai oublié les sandwichs pour la route dans la cuisine !

Il fait demi-tour. Arrivé devant la maison, il demande à Gabriel et ses aînées de

patienter et court chercher le pique-nique. Mais Elisa le suit pour faire pipi, et tous les autres aussi. Et puis ils disent de nouveau au revoir à leur « chez-eux » chéri, si douillet par rapport à ce qui les attend. Flavia se fait gronder parce qu'elle se met à jouer du piano comme si elle ne devait plus jamais le revoir.

Le temps que tout le monde remonte dans la voiture, il est presque l'heure de manger les fameux sandwichs.

– On va essayer de rouler un peu avant de s'arrêter pour le déjeuner, annonce Arthur. Vous n'avez qu'à chanter pour vous occuper !

Bella entonne une chanson des Beatles que Billy chante tout le temps : *Drive My Car*. Anna enchaîne avec *Sur la route de*

Memphis. Ils passent aussi un moment à interpréter leurs chansons préférées de *La Mélodie du bonheur.* Mais une fois qu'ils ont fini, la route leur paraît interminable… Et quand on s'ennuie, le temps passe beaucoup moins vite que quand on s'amuse.

Lorsque Gabriel se met à gémir, Anna le foudroie du regard. Elle sait bien que personne n'a envie d'aller camper, mais ce n'est pas une raison pour se gâcher les vacances. Elle propose un jeu, qui les occupe quelques minutes de plus.

Comme Arthur ne veut pas quitter l'autoroute pour ne pas perdre de temps, il décide de s'arrêter sur une aire de piquenique. Anna la trouve plutôt bien aménagée, avec de grandes tables et des toilettes. Gabriel demande son ballon à son père.

– Je ne vais jamais pouvoir le dénicher dans tout le chargement. On va manger en vitesse, se dégourdir les jambes et continuer notre route pour arriver avant la nuit. Ce soir, nous installerons notre campement. Vous allez voir comme nous allons être heureux !

– Oui, c'est ça ! ironise Flavia.

Arthur n'a pas l'air de se rendre compte à quel point son projet de camping déplaît à sa petite famille. À quarante ans, il fait plus penser à un grand adolescent qu'à un père de sept enfants. Il faut dire qu'il ne s'en est jamais vraiment occupé…

Arthur et Ariane se sont rencontrés très jeunes, au lycée. Ils se sont mariés avant d'entrer à l'université, contre l'avis de leurs parents. Diplômés, ils ont eu la chance de décrocher du travail rapidement et se sont mis à engendrer des enfants sans trop s'interroger sur les conséquences. Arthur a quitté son travail pour se mettre à son compte comme inventeur indépendant.

Ariane, elle, a élevé leurs enfants jusqu'aux trois ans de Gabriel, avant de reprendre le journalisme. Grand reporter, elle a vite été amenée à voyager. Arthur et Ariane ont alors engagé des nounous pour s'occuper de leur marmaille en leur absence.

C'est la première fois qu'Arthur se retrouve seul avec Anna et ses cadets. Lui qui consacre son intelligence aux logiciels qu'il invente n'a jamais vraiment pris le temps de réfléchir à son statut de père de famille nombreuse, ni de s'intéresser à chacun de ses enfants pour mieux apprendre à les connaître.

Mais Arthur ne doute de rien : il est sûr que ces vacances vont leur faire le plus grand bien et qu'elles se passeront à merveille. Il n'y a qu'à choisir l'emplacement idéal pour s'arrêter.

À force de chercher, il est déjà tard quand Arthur déclare avoir trouvé un endroit digne d'eux. Le temps qu'il monte les tentes – quatre, ça prend du temps –, tous les magasins du village le plus proche sont déjà fermés. Et pas un restaurant en vue ! Enfants et estomacs protestent à l'idée de voir s'envoler leur dîner. Heureusement, il reste des paquets de chips au fond de la cantine.

– C'est toujours mieux que rien, dit Anna pour consoler sa fratrie.

– Regardez ! C'est merveilleux : la nature nous offre le dessert ! s'exclame leur père.

Il a repéré des fossés pleins de ronces et de belles mûres. Il distribue des gamelles vides à chacun et ordonne à Cara de les remplir pendant qu'il finit d'aménager le campement.

Les mûres, c'est bon, mais les mûriers, ça pique! Après beaucoup de «aïe», de «ouille», et quelques pansements, Gabriel et ses aînées avalent leur dessert bien mérité et n'ont qu'une envie: se coucher. Arthur leur promet un sommeil «mémorable»... et un bon petit déjeuner pour le lendemain matin. Il consulte son plan de couchage: Anna avec Gabriel, Bella avec Flavia, Cara avec Elisa et Dana avec lui. Dépités par cette première journée de vacances, les enfants n'ont pas le courage de discuter.

Dans sa tête, Anna compte: déjà une journée derrière eux. Encore vingt-neuf avant de rentrer à la maison et de retrouver ses amis, Martin, Sophie, et ses habitudes. Elle a beau y mettre du sien, elle a du mal à se faire à cette idée de vacances à la dure.

Bella aussi. Profitant des dernières lueurs du jour, elle écrit :

Le sol est dur,
Papa est dur,
Et la vie est dure.
Je préfère le doux,
Le moelleux, le sommeil doux,
Et une vie douce.

Elle n'est pas très inspirée ce soir-là… Mais en regardant autour d'elle, elle se dit que c'est la première fois qu'elle écrit dans un cadre pareil.

Elle ajoute :

Écrire en pleine nature
Nos petites joies, nos blessures,

Quelques frustrations,
Quelques gratifications.

Concentrée sur son poème, elle n'a pas entendu son père se placer derrière elle pour lire par-dessus son épaule.

– Tu as un sacré vocabulaire, ma fille !

Bella sursaute et bredouille :

– C'est peu-peut-être parce que-que j'adore lire.

– Tout le monde n'a pas un écrivain dans sa famille ! Il y a de quoi être fier ! déclare Arthur. Mais, ma chérie, tu ne peux pas continuer à écrire dans le noir comme ça : tu vas t'abîmer les yeux. Ne bouge pas, je reviens.

Deux minutes plus tard, il lui apporte une lampe torche qu'il est allé chercher dans la voiture.

– Oh, merci, papa!

– De rien, ma belle. Comme ça, tu pourras lire et écrire le soir. Mais n'éteins pas trop tard!

Bella regarde ce qu'elle a écrit à la lumière de sa lampe. Elle rédige encore quelques lignes, en souriant:

Papa est un œuf dur mais bon,
Même s'il nous loge dans des maisons
en carton.
Il m'appelle « un écrivain » !
(Et il va acheter du pain ! Demain !)
Ainsi l'été passera,
Avec cette espèce de papa
Quand même assez sympa.

***

Quand Arthur entre enfin dans la tente qu'il partage avec Dana, celle-ci ne dort pas encore.

– Papa, ce n'est vraiment pas le Ritz, ici !

– Tout le monde n'a pas la chance d'aller dans de grands hôtels, tu sais. Ta grand-mère vous gâte trop.

– Tu n'as jamais été gâté quand tu étais petit, toi, papa?

– Par la nature, oui : j'ai deux bras, deux jambes, et une tête qui fonctionne. Sinon, on n'était pas riches, mais on avait toujours de quoi manger. Tu sais, en réalité, on n'a pas besoin de grand-chose.

– Mais des chips et des mûres, je ne crois pas que ça suffise, quand même !

– Oui, reconnaît Arthur. Promis, ça n'arrivera plus.

Il pense que Dana s'est endormie, quand elle lui demande soudain :

– Pourquoi nous n'avons jamais vu ton père?

– Parce que je ne l'ai pas connu.

– Ah? Comment ça se fait?

– C'est compliqué…

– Il est mort avant ta naissance, c'est ça ?

– Non, il a disparu. Mamie Marina m'a élevé toute seule. Apparemment, mon père ne voulait pas être père.

– Et toi ? Tu veux ?

– Je crois que c'est comme tout : ça s'apprend. C'est un peu le but de ces vacances, au fond.

– Ah bon ? Je croyais que tu voulais juste nous apprendre à vivre à la dure, au grand air !

Arthur éclate de rire.

– Pas seulement, ma chérie !

– En tout cas, tu n'as pas choisi le chemin le plus facile.

– Mais si, tu verras. Tout va bien se passer !

***

Le soleil se lève bien avant les Arthur. Tout le monde dort encore à poings fermés quand une voiture de la gendarmerie s'arrête près du camp. Les gendarmes passent la tête dans trois des tentes et constatent qu'il n'y a que des mineurs à l'intérieur. Le bruit de leur conversation finit par réveiller Anna, Gabriel et leurs sœurs. L'aînée se lève et sort de sa tente au moment où les gendarmes découvrent enfin le papa de la tribu.

– Monsieur ! Monsieur !

Arthur ouvre un œil.

– Hein ? Quoi ? Quelle heure est-il ?

– Sept heures. Vous savez qu'il est interdit de camper ici ?

– On va nous mettre en prison ? s'inquiète Gabriel.

– Mais non ! le rassure Arthur.

– Il faut décamper d'ici ! ordonnent les gendarmes.

– Mais nous ne sommes pas dans une propriété privée, se défend Arthur. Ni dans une réserve naturelle, j'ai bien vérifié.

– Non, mais vous ne pouvez pas installer une colonie de vacances comme ça, en pleine nature.

– Une colonie ? Ce sont mes enfants, voyons ! s'énerve Arthur. Je ne les mettrai en danger pour rien au monde.

Les gendarmes échangent un regard, interloqués.

– C'est interdit, dit le premier en sortant un carnet de contraventions.

– Vous êtes à moins de cinq cents mètres d'un monument historique classé, ajoute le second.

travail, les informe Arthur, avec un sourire.

Une fois les tentes pliées et rangées, les gendarmes leur proposent de les remonter avec eux, un peu plus loin.

Les enfants n'osent rien dire, mais Arthur comprend qu'ils sont morts de faim.

– C'est très gentil à vous, mais nous allons d'abord petit-déjeuner : mes petits sont affamés.

Étonnés, ses six filles et son garçon le regardent. Ils ne reconnaissent pas leur père. Dire qu'hier encore il refusait de s'arrêter pour manger avant d'avoir fait assez de route et leur expliquait qu'ils devaient s'estimer heureux que la nature leur offre des mûres !

- Pardon, je l'ignorais. Pourriez-vous nous indiquer où nous installer alors ? Ah ! Et pourriez-vous aussi nous conseiller un endroit où prendre un bon petit déjeuner ? Nous avons dîné léger hier soir.

Attendris par la marmaille de cet hurluberlu, les gendarmes renoncent à le verbaliser et décident de donner un coup de main aux Arthur.

– D'abord, nous allons vous aider à déplacer votre campement. Puis nous vous montrerons où vous restaurer.

Profitant de ce que les enfants s'habillent et rassemblent leurs affaires, l'un des gendarmes chuchote à l'oreille de leur père :

– Excusez-moi, mais… ils n'ont pas de maman ?

– Si, mais elle ne pouvait pas quitter son

trois

Train-train sans entrain

Les gendarmes conduisent toute la famille à la *Baguette dorée*... et après le dîner de la veille, le petit déjeuner ressemble à un festin de roi !

Une fois le ventre plein, il faut remonter le campement. Ce coup-ci, tous les enfants s'y mettent et, avec l'aide des gendarmes, ils finissent en un rien de temps. Ils installent même un espace cuisine !

Justement, c'est l'heure de faire les courses : les gendarmes, qui ont mangé leur part de la baguette dorée, les abandonnent, puis chacun des enfants choisit un légume et un fruit pour la composition du repas de midi. Après avoir fait une grande balade en forêt avec les autres, Anna se lance dans la préparation d'un bon déjeuner pour tout le monde. Mais rien que pour faire une misérable salade, il lui faut dix fois plus de temps qu'à la maison : il faut éplucher les

légumes avec du matériel de camping et aller jusqu'à la rivière pour les débarrasser du reste de terre. Elle a hâte de rentrer. Ici, elle a bien l'impression qu'elle ne pourra jamais se reposer. Pourtant, alors qu'elle commence à désespérer devant la quantité de légumes à éplucher, Arthur vient lui donner un coup de main.

– Ma chérie, je sais que tu prends beaucoup sur toi. C'est vraiment très gentil et je suis fier de toi. Tu sais, c'est important pour ta mère et pour moi de savoir qu'on peut toujours compter sur toi.

C'est la première fois que le père d'Anna reconnaît qu'elle n'a pas un rôle facile mais qu'elle s'en sort bien.

Elle se sent mieux et, avec son père à son côté, elle attaque le tas de patates avec plus d'entrain.

***

Après le repas, Arthur expose le programme de l'après-midi. Ils vont faire une balade dans la forêt pour découvrir les différentes espèces d'arbres et de plantes.

– Oh, là, là ! Ça va être comme à l'école, se plaint Cara.

– L'école du spectacle de la nature, du ciel et de la terre est une bonne école, réplique son père.

– Mais on est en vacances ! couine Elisa.

– Et tu garderas un bon souvenir de ces vacances à l'école du plein air, la rassure-t-il.

La petite troupe ne tarde pas à se mettre en marche. Il fait très beau. La forêt inondée de lumière enchante les enfants qui s'émerveillent des arbres gigantesques au feuillage vert clair encadrant le ciel bleu. Arthur prend le temps de nommer chaque espèce en leur expliquant à quel point elles sont différentes les unes des autres. Il leur montre également quelques champignons et fleurs sauvages, et leur apprend à se faire

très discrets pour pouvoir observer les ani-
maux qui les entourent.

– Là ! J'ai vu un écureuil ! chuchote
Gabriel.

– Oh ! Et ce gros machin là-bas, papa,
c'est quoi ? demande Flavia.

– Un chevreuil ! C'est rare de les voir de
si près. Vous avez vraiment de la chance, se
réjouit Arthur.

Les enfants sont surpris de découvrir
que leur père a comme deux personnalités :
tantôt doux et distrait, il peut aussi se montrer autoritaire avec eux. Parfois, ils ont
l'impression d'entendre leur mère ! Surtout
quand il les appelle ses « petits soldats » et
qu'il se prend pour le général d'une armée
de mauviettes. C'est lui qui décide des
pauses, et il ne se laisse pas attendrir par les

cris de fatigue. Mais il sait hisser Gabriel
sur ses épaules quand il le sent trop fatigué
pour continuer. Même s'ils arrivent épuisés
au campement, les filles et leur petit frère
ont finalement apprécié la balade.

Dana et Bella se chargent du dîner sous les étoiles. Ensuite, tout le monde se rend à la rivière, qui leur sert à la fois de lave-vaisselle et de salle de bains. Éreintés, les enfants se couchent sur leurs « lits », toujours aussi durs. Mais quand on est exténué, on dormirait n'importe où.

***

Le long sommeil de la famille grignote une partie de la matinée suivante. Dès qu'ils sont prêts à partir, ils montent tous en voiture pour une nouvelle excursion : ils vont visiter la grotte de Lascaux.

Pendant le trajet, Arthur leur raconte l'histoire de ce lieu préhistorique.

– Les peintures de la grotte ont entre dix-sept et dix-huit mille ans, mais elles ont été mises au jour assez récemment.

– Quand ça ? l'interroge Anna, qui fait semblant de s'y intéresser.

– Le 8 septembre 1940.

– Pendant la Deuxième Guerre mondiale ?

– Exactement. Un jeune homme de dix-sept ans se promenait dans le coin, quand son chien s'est mis à courir derrière un lapin… jusque dans la grotte.

– Comme dans *Alice au pays des merveilles* ! s'exclame Bella. Sauf que c'est Alice qui a suivi le lapin blanc…

– Exactement ! Ah, qu'est-ce que j'aimais ce livre quand j'étais petit ! J'ai dû le lire un millier de fois ! Pour en revenir à Lascaux, cette grotte a vraiment été découverte par hasard. Le garçon est revenu quelques jours après avec une lampe pour explorer l'endroit. Quand vous y serez, vous comprendrez son émerveillement.

– Il va faire tout noir, dit Gabriel.

– Non. Comme le site historique est fermé au public, nous allons visiter une reproduction conçue pour les touristes.

– C'est nul ! Je veux voir la vraie grotte, pas la fausse ! bougonne Flavia pour le principe.

– Pourquoi est-ce qu'elle est fermée ? demande Cara.

– Il faut préserver les peintures : trop de visites les détérioreraient. Elles représentent un trésor à protéger, un patrimoine mondial.

À leur arrivée sur place, il y a déjà foule. Arthur achète les billets d'entrée, puis ils pénètrent tous ensemble dans un long tunnel.

– On va remonter le temps, déclare Arthur.

Le guide leur montre une salle avec des taureaux, une grande vache noire, un bison. Quand ils s'arrêtent devant un homme blessé à côté d'un oiseau et, pas loin de ces deux figures, un énorme bison, Elisa laisse échapper :

– Je dessinais mieux que ça en maternelle !

Le guide poursuit, comme si de rien n'était :

– Voici le seul panneau où un homme est représenté.

Il leur présente ensuite une licorne.

– Mais ce n'est pas du tout une licorne ! proteste Dana.

– Tu as raison, chuchote Arthur, mais les archéologues l'ont baptisée comme ça.

– C'est quoi un archéologue ? demande Gabriel.

– Quelqu'un qui cherche et étudie les traces laissées par l'homme depuis la préhistoire.

Après la visite, les enfants, peu à peu gagnés par la fascination, regardent des films sur les grottes du Périgord. Même Cara, qui trouve que ça rappelle l'école, et même Elisa, qui reconnaît que, finalement, c'est émouvant de découvrir des dessins si anciens. Arthur, lui, est ravi… et fier de la curiosité de ses enfants.

Toutes les filles sont impressionnées par ces vestiges du passé, mais c'est Gabriel qui annonce solennellement :

– Quand je serai grand, je serai archéologue.

– Mais tu voulais être joueur de foot ?! s'étonne Flavia.

– Et alors ? Je peux très bien être joueur de foot ET archéologue !

***

C'est l'heure où les ventres gargouillent. Tout guilleret, Arthur proclame :

– Après l'art des grottes, l'art culinaire.
Nous déjeunons dans un restaurant de gastronomie locale.

Anna est soulagée de ne pas avoir à passer deux heures à préparer le déjeuner, comme une femme préhistorique.

«Il y a du progrès!» pense-t-elle.

Les huit membres de la famille commandent chacun une spécialité différente, ce qui leur permet de goûter à tout: omelette aux truffes noires, salade périgourdine, grillons de canard, pommes de terre sarladaises, et, pour couronner le repas, gâteau aux noix. À table, on n'entend plus que: «Mmmiammmm!»

Rassasiés, les enfants remontent en voiture et commencent à somnoler dès que leur père se met à rouler. Dans son demi-

sommeil, Anna se sent étrangement moins
à l'étroit que le matin. Elle comprend aussitôt ce qui ne va pas.

– On a oublié Flavia! crie-t-elle.

Arthur pile et fait demi-tour.

– Anna, tu viens avec moi chercher Flavia.
Les autres, vous restez dans la voiture!

s'énerve-t-il en arrivant au restaurant. Je n'ai pas l'intention de courir après tout le monde !

Pendant qu'il s'adresse au comptoir, Anna se précipite dans la salle : pas de trace de sa sœur ! Mais elle reconnaît vite l'air de musique qu'elle ne supporte plus : *Ah ! vous dirais-je, Maman.* C'est le morceau de piano préféré de Flavia, qui est en train de le jouer dans un recoin de la grande pièce.

– Tu es complètement inconsciente ou quoi ? Tu n'as pas vu qu'on était partis sans toi ?

Flavia suit sa sœur en boudant jusqu'à la voiture. Arthur est tellement soulagé de retrouver sa petite dernière qu'il en oublie de se fâcher.

– Papa, on pourra revenir manger ici

demain ? lui demande timidement Flavia.

– On verra, ma puce. Je n'ai pas encore établi de programme. Peut-être qu'on va se prendre une journée tranquille près du campement, marcher un peu, nager dans la rivière… Mais d'abord, on va faire un saut au supermarché pour se ravitailler.

De retour au campement, les enfants ont quartier libre pour le reste de la journée. Dana va à la rivière pour se laver les cheveux. Elisa trouve une clairière pour danser comme une déesse de la nature. Gabriel et Arthur courent après le ballon de foot avec une Flavia qui joue à contrecœur. Anna s'occupe dans « la cuisine ». Bella écrit…

On peut s'habituer à tout !
Même si le monde est fou,

Même si on vit dans un trou,
Avec des ours et des hiboux.

Arthur en profite pour passer un peu de temps avec chacun d'entre eux. Il commence par regarder Cara apprendre son dernier rôle. Cara est très étonnée : c'est la première fois que son père propose d'assister à ses répétitions. Elle pensait qu'il ne s'y intéressait pas.

– Je mettrais légèrement moins de fougue dans la dernière réplique, lui conseille Arthur. Sinon, on dirait que tu en rajoutes. Ça fait moins sincère.

– Oui, je sentais bien que c'était trop. Merci, papa !

Arthur regarde ensuite Flavia grogner dans son coin.

– Qu'est-ce qui ne va pas, ma petite grognognonne ?

– Bella a son cahier, Elisa ses chaussons de danse, Gabriel son ballon, mais moi, je n'ai pas de piano ! Je perds mon temps ici, alors que je pourrais m'entraîner !

Arthur lui montre comment se bricoler des instruments de percussion avec des bouts de bois et des cailloux.

– Voilà ! Et maintenant, tape là-dessus pour faire une musique originale.

Presque ravie, Flavia s'exécute en entonnant son éternel *Ah ! vous dirais-je, Maman.*

***

La suite du séjour est un long fleuve tranquille. Quelques jours ont suffi aux enfants pour se faire au rythme de leur nouveau style de vie.

Même ceux qui étaient les plus malheureux au départ ne sont en fin de compte pas si mécontents.

Anna a arrêté de compter les jours. Elle qui adore se baigner profite de la rivière. Son père vient souvent nager avec elle et l'aide à améliorer son dos crawlé. Quand ils font la course, il la laisse discrètement gagner.

– On devrait nager ensemble plus souvent, propose-t-il. Et si on essayait d'aller à la piscine municipale le dimanche matin ?

Anna est contente, même si elle sait que son père ne sera pas là tous les week-ends.

Dana le sait bien aussi et se réjouit de la présence de son père, qu'elle apprend à connaître. En plus, Arthur est un véritable puits de science.

– Finalement, c'est pas mal ici, papa.

– C'est le Ritz Camping Palace ! plaisante Arthur.

– En mieux ! rigole Dana.

Après un temps d'acclimatation, libéré de sa toux, Gabriel arrive à suivre ses sœurs en balade sans s'essouffler. Il peut même jouer au foot plus longtemps avec son père, qui lui montre plein de gestes techniques. Arthur s'étonne de ce que ses filles ne s'intéressent pas à ce jeu passionnant et décide de les initier un après-midi. La clairière découverte par Elisa fait un parfait terrain de foot. Arthur construit les buts et crée deux équipes. Pour une fois, les filles, happées par la rivalité sportive, courent dans tous les sens. Elles ne sont pas très douées, à part Bella, qui comprend vite comment on contrôle le ballon. Mais ils rient beaucoup et Gabriel marque plusieurs buts ! C'est l'équipe d'Arthur, Flavia, Gabriel et Elisa qui gagne. Et, contre toute attente, l'autre équipe demande une revanche le lendemain !

Entre les visites des villages, les courses, les musées et les activités dans leur campement, deux semaines et demie s'écoulent vite.

Si Cara ne supporte pas d'aller s'enfermer dans les musées et rêve des spectacles en plein air du Festival d'Avignon, elle se fait une raison et s'amuse des petits moments du quotidien, comme la douche en famille à la piscine. Flavia, elle, est contente d'aller à la pêche avec son père pour manger le pauvre poisson qu'ils attrapent. Dana aime bien les repas autour du feu et Elisa a pris goût aux marshmallows grillés. En fait, la famille Arthur vit sur un petit nuage, même si le sol est dur. Arthur se félicite de son programme, de sa famille et de la vie qui peut aussi être facile. Il se réjouit de ce parcours sans incident, sans accident, sans dissident.

***

Mais un après-midi, alors qu'ils rentrent de la visite du château de Puyguilhem, les Arthur sont surpris par un gros orage. Chaque tandem se réfugie sous sa tente. À l'heure du repas, sous la pluie battante, ils s'abritent dans la voiture pour dîner tous ensemble. Arthur a préparé un sandwich par personne, accompagné d'une banane ou d'une pomme. Dehors, l'orage se déchaîne, mais ils sont heureux de partager ce moment, même s'ils sont un peu les uns sur les autres.

Dans la nuit, la pluie tambourine sans

cesse sur les tentes. Dana rapproche son sac de couchage de celui de son père, le seul qui réussit à dormir. Il ne se réveille même pas quand Flavia vient s'incruster, poussant sa sœur du bout des fesses pour se faire une petite place. Bella réalise enfin son rêve d'avoir une chambre à elle toute seule... sauf que c'est une tente, et que l'eau s'y infiltre de partout. Cara et Elisa, elles, rejoignent Anna et Gabriel. La tente est trempée. Gabriel aussi. Anna veut aller chercher des serviettes, mais elles sont restées sur la corde à linge, et la corde à linge est dehors, et dehors, eh oui...

– Il pleut comme vache qui pisse !

Les sœurs se serrent contre Gabriel pour le garder au sec, mais il commence vite à renifler et à éternuer. Le matin finit par arriver, et les enfants, grelottant, s'entassent dans la voiture. Quand Arthur se lève enfin, il ne peut que constater les dégâts : le campement s'est à moitié écroulé et tout est détrempé. Les gendarmes qui les avaient aidés à s'installer arrivent peu après.

– Vous n'avez rien, heureusement ! Nous voulions venir plus tôt, mais nous avons été mobilisés toute la nuit. C'est une véritable catastrophe naturelle !

– On va vous aider à démonter votre campement et vous conduire à la salle polyvalente municipale.

Déconfit, Arthur les remercie.

Chacun prend ses affaires, mais impossible de replier les tentes gorgées d'eau pour les mettre dans la voiture. Il faut les laisser sur place.

– Nous les rangerons une fois qu'il aura fini de pleuvoir, promet Arthur.

Dans la salle polyvalente, il y a de magnifiques lits de camp. Quel luxe ! Des bénévoles aident la famille à se sécher. Anna se dirige alors vers le lit le plus proche, se couche et s'endort aussitôt. Les autres se ruent sur le petit déjeuner offert par les pompiers.

Gabriel trouve rapidement des camarades avec qui jouer au foot dans un coin de la grande salle. Cara déniche une douche sous laquelle elle se réchauffe avec bonheur. Elisa danse entre les lits. Dana ne quitte pas son père d'une semelle. Bella s'étend sur le lit voisin d'Anna et note :

Un orage peut être beau,

Quand tu es derrière la fenêtre
d'une maison.
Mais dans une tente pleine d'eau,
Tu sais que c'est la mauvaise saison.

Papa n'a pas pensé à tout :
Il comptait sur le beau temps.
Des fois les papas sont fous,
Adieu, notre beau camp !

***

Les Arthur apprennent que la pluie va durer plusieurs jours. Les lits de camp libres se font bientôt rares, car le nombre de réfugiés augmente d'heure en heure.

Malgré cette catastrophe, tout le monde est de bonne humeur. Gabriel et Flavia sont enchantés d'avoir fait un tour dans la voiture des gendarmes. Bella a suffisamment d'aventures pour remplir ses cahiers. Cara, Dana et Elisa partent à la découverte de la salle polyvalente. Et Anna… dort.

quatre

Le Camping-Car Palace

Arthur reste confiant. Vers le milieu de la journée, il peut appeler sa femme aux États-Unis, pour lui raconter leurs mésaventures et la rassurer. Il a plus de mal à apaiser sa belle-mère, qui a fini par retrouver leur trace. Elle lui passe un savon au téléphone :

– Arthur, je suis en rage !

– Et nous en nage ! plaisante son beau-fils.

– Je ne savais pas du tout où vous étiez ! J'étais folle d'inquiétude !

– Pourquoi ? Tu savais que les enfants étaient avec leur père qui les aime et que je suis quelqu'un de très responsable, rétorque Arthur, comme pour s'en persuader lui-même.

– Il a fallu que je pleurniche au téléphone pour soutirer l'information à Ariane. Et là, j'apprends que vous êtes dans le Périgord, en plein déluge ! Sincèrement, Arthur, moi qui te connais depuis ton adolescence, je me demande si tu en es jamais sorti. Quelle idée de conduire tes enfants dans l'œil du cyclone !

– Tout va bien, Éléonore. On a surmonté l'orage. Ça fait partie des expériences de la vie. Je pense que notre matériel est fichu, mais ce n'est pas grave. Il n'est rien arrivé aux enfants : c'est le principal.

– Maintenant, Arthur, pas de blague : dis-moi exactement où vous êtes. Pouvez-vous tenir jusqu'à demain ? Parce que j'ai mon bridge aujourd'hui.

– On peut tenir jusqu'à la rentrée, comme prévu.

– Non, j'entends Gabriel qui tousse ! Passe-moi Anna !

– Anna dort.

– Bon, j'ai compris… À bientôt, Arthur !

Arthur craint de voir débouler Éléonore à tout moment. Pourtant, il aime sa belle-mère. Elle est loufoque et souvent égoïste, mais quand il s'agit de ses petits-enfants, on peut toujours compter sur elle et sa générosité. Elle les adore et leur consacre presque toute sa fortune. Si Ariane a un problème avec sa mère, lui n'en a pas. Mais il veut tout de même que Léo respecte le fait que le père, c'est lui !

Après son coup de fil, Arthur va s'assurer que tous ses enfants vont bien. Trois d'entre eux dorment. Flavia s'est trouvé un piano et rend tout le monde fou avec son *Ah ! vous dirais-je, Maman.* Gabriel s'amuse avec ses nouveaux copains footballeurs. Elisa a toute la place pour faire ses pirouettes et Bella rédige son journal. Arthur, capable de dormir n'importe où, n'importe quand, se laisse alors aller au sommeil au milieu de la foule des autres rescapés.

À son réveil, il aide à faire la cuisine et à servir les repas. Il se fait vite des amis et passe un bon moment. La journée s'écoule agréablement entre vacanciers.

Dehors, la pluie tombe dru et le terrifiant

déluge dure encore toute la nuit. Arthur et
ses enfants font des rêves sur fond de tem-
pête. Au petit matin, la pluie s'arrête enfin.
En fin de matinée, c'est une autre forme
d'ouragan qui s'annonce : Grand-Mère Léo
fait une arrivée tonitruante dans un camion
de la taille d'une maison. Arthur s'attendait
à l'arrivée de sa belle-mère… mais pas avec
un tel engin ! Dire qu'il pensait qu'elle ne

pourrait plus l'étonner… Il n'a pas besoin de réveiller Gabriel et ses sœurs : ils accourent tous en voyant l'engin monstrueux se garer devant la salle polyvalente.

Grand-Mère Léo descend du mastodonte, aussi excitée qu'un enfant.

– Mes chéris, comme je suis contente de vous revoir ! Allez, montez !

Impressionnés, les Arthur grimpent à bord de l'énorme machine.

Léo présente le conducteur aux enfants. Ce n'est pas son chauffeur habituel, parce que Lucien n'a pas le permis poids lourd.

– J'ai loué les services de ce grand jeune homme en même temps que le camping-car. Il est aussi cuisinier et il sait un peu tout faire.

– Bonjour, je m'appelle Zoran.

– Vous avez un petit accent, note Arthur.

– Je viens de Croatie, de Zagreb. Mais ça fait quinze ans que j'habite ici et j'ai la nationalité française.

– Bienvenue dans notre tribu, lui dit Arthur.

Éléonore a prévu de passer les dix derniers jours de vacances avec ses petits-enfants.

– Vous verrez! Ce sera comme de voyager sur un yacht à roulettes!

– Et Grand-Père Mimi? demande Anna.

– Il est encore dans les Alpes et nous rejoindra la semaine prochaine. Vous savez qu'il adore marcher en montagne.

– Et toi en centre-ville! dit Elisa.

– C'est vrai, ma chérie, s'amuse Léo.

– Mais où as-tu trouvé ce monstre extravagant? l'interroge Arthur.

– Quand on cherche, on trouve !

– Si on a un paquet d'argent ! nuance Arthur.

– Je l'ai loué, pas acheté.

– On aurait tous pu aller au Ritz pour le même prix, je suis sûr !

– Oui, Arthur. Mais qu'est-ce que j'ai de mieux à faire de mon argent que de vous gâter un peu ?

Bella découvre que sa grand-mère lui a réservé un coin spécial pour écrire.

– Oh, *my God !* s'écrie-t-elle.

– C'est pas possible ! s'émerveille Anna. Il va faire bon traîner dans ce palais sur roues.

– Il y a quatre chambres ! crie Cara du fond de la « maison ».

– Je réserve celle avec le lit double pour

Mimi et moi. Ça ne te dérange pas de dormir sur le canapé-lit, Arthur?

– La vie apporte des surprises, dit celui-ci. J'étais heureux de vivre en plein air et d'initier mes enfants à la nature. Et maintenant, je suis content d'être abrité. Le secret du bonheur est de se réjouir de tout ce qui se présente. Merci, Éléonore.

Gabriel aussi éclate de joie :

– Il y a des lits superposés !

– Et un piano ! se réjouit Flavia.

Mais c'est la seule à être contente de cette nouvelle, car elle va encore casser les oreilles à tout le monde.

– Le salon est immense ! On va pouvoir organiser une soirée dansante, déclare Elisa.

Les enfants remercient leur grand-mère

à tour de rôle dans un ouragan de bisous.

— C'est la moindre des choses, après tout ce que vous avez dû subir, mes pauvres chéris !

— Tu sais, ce n'était pas si mal, tempère Anna, qui a déjà la nostalgie de leur petit campement en forêt.

– On s'est bien amusés! s'exclame Gabriel.

– Oui, c'est dommage que tu n'aies pas été avec nous sous la tente. C'était super! conclut Dana.

***

Avant de partir pour de nouvelles aventures en monstre roulant, il faut retourner au campement pour constater l'étendue des dégâts et sauver ce qui peut l'être. Zoran aide Arthur et les enfants à plier le camp et à charger la voiture. Les tentes ne sont pas trop endommagées et Arthur pense pouvoir s'en resservir. Mais les sacs de couchage sont encore trempés.

– On va les attacher sur le toit et ils vont vite sécher, les rassure Zoran. Comme ça, on peut partir se balader tout de suite. J'ai une carte détaillée de beaux endroits.

À l'heure du repas, tout le monde tient autour de la table, tellement elle est grande. Les *sarmas*, spécialités croates faites de feuilles de chou farcies d'un mélange de viande hachée et de riz, représentent une nette amélioration par rapport à la « cuisine » du réchaud de camping. Le reste du séjour s'annonce merveilleux.

Ce soir-là, le coup de fil d'Ariane tourne autour du miracle de leur nouvel abri, de Zoran, de la gastronomie croate, des prodiges de Grand-Mère Léo, et d'Arthur qui n'arrête pas de dormir.

– Ça y est, Arthur, tu es en retraite de paternité ? s'étonne Ariane.

– Pas du tout, je vais en profiter pour

passer une journée seul à seul avec chacun de mes enfants, si ta mère est d'accord, répond son mari, qui vient de concocter ce projet.

– Pas de problème ! Zoran est là pour me donner un coup de main, confirme Léo.

– Nos enfants sont de bons petits soldats, très bien élevés, confie Arthur à sa femme.

– Ils s'élèvent tout seuls, c'est pour ça ! s'amuse Ariane.

– Avec un peu d'aide et beaucoup d'amour, ajoute Bella en pensant à Billy.

***

Dès le lendemain, la grande famille met le cap sur Avignon. Arthur commence ses «journées père-enfant» avec Gabriel. Le soir, il emmène son fils à un match de foot !

Pour chacun de ses enfants, il choisit l'acti-vité parfaite. Pendant ce temps-là, Grand-Mère Léo visite les villes avec le reste de la bande, et trouve encore le moyen d'ache-ter les fournitures scolaires, les chaussures pour la rentrée et d'offrir une petite sur-prise à chacun.

Les spécialités croates de Zoran ne font pas toujours l'unanimité, mais tout le monde adore sa bonne humeur. Conduire le monstre par monts et par vaux l'amuse beaucoup, même s'il ne peut pas passer partout.

– La France est un beau pays, dit-il, mais il faut venir en Croatie aussi !

Le bonheur est à son comble quand Grand-Père Mimi arrive… avec Ariane, qui a pu prendre quelques jours de congé. Heureusement que le camping-car est immense !

Ariane n'en croit pas ses yeux.

– Je ne savais pas que ça existait, des engins pareils. Même aux États-Unis, je n'en ai jamais vu !

– Ta mère est une vraie bonne fée ! lui déclare Arthur.

Une fois tous attablés autour d'un bon plat de spaghettis à la bolognaise, Ariane demande à ses enfants ce qu'ils ont préféré de leurs vacances.

– La salle polyvalente avec les copains du foot et le match avec papa, dit Gabriel. Et aider papa à faire la cuisine pour tous les vacanciers réfugiés.

– Ma journée avec papa, répond Anna sans hésiter. On a choisi chacun un livre, on est allés s'installer dans une prairie. On a discuté et lu tout l'après-midi.

– Le moment où tu es arrivée, avoue Flavia à sa mère. Et quand papa m'appelait sa «petite grognognonne».

– Quand Grand-Mère Léo nous a sauvés des eaux, avoue Cara.

– Quand Grand-Père Mimi nous a re-

joints, ajoute Elisa. Et quand j'ai appris les positions de ballet à papa et qu'il ressemblait à un éléphant.

— La grotte de Lascaux ! lance Bella.

— Dormir sous la tente avec papa ! On aurait dit une vraie aventure, explique Dana.

— C'est toujours exactement maintenant, dit Arthur. C'est ça mon meilleur moment. Celui que l'on vit actuellement.

— Celui qui ne reviendra plus jamais, déclame Bella.

— Mais aussi tous les bons moments à venir, le présent et le passé également, ajoute Arthur.

— C'est n'importe quand, n'importe où, conclut Ariane, pourvu qu'on soit tous ensemble !

TABLE DES MATIÈRES

Susie Morgenstern

Susie a grandi dans une famille de filles, mais jamais TROP de filles. En plus, elle a des filles ! Et des petites-filles ! Née aux États-Unis, elle a émigré en France et elle écrit en français (peut-être trouve-t-elle le français plus féminin ?). Elle a l'impression de bien comprendre les filles. Pour elle, un garçon, c'est un extraterrestre ! Elle est la plus heureuse quand elle est chez elle, à Nice, en train… d'écrire !

Le titre La Sixième, *de Susie Morgenstern, est publié aux éditions de l'École des loisirs.*

Clotka

Clotka est née dans la formidable campagne picarde, mais elle vit à Paris depuis l'âge de 10 ans. En 2005, étudiante à l'EPSAA, avec ses camarades de promo, elle lance le blog Damned, première étape qui la conforte dans son désir de faire de la bande dessinée. En 2009, elle publie sa première BD, *Les Équilibres instables*, avec Loïc Dauvillier (éditions Les Enfants rouges).

Parallèlement, elle réalise des illustrations pour la presse et l'édition jeunesse.

premiers romans

Dana

Une série écrite par Susie Morgenstern
Illustrée par Clotka

« Dana le sait : elle n'a pas de talent particulier, comme Cara ou Bella ou Elisa. Elle n'a pas non plus l'autorité naturelle d'Anna, le caractère fougueux de Flavia et elle ne sera jamais le chouchou, comme Gabriel, le petit dernier. Pourtant, Dana a quelque chose que les autres n'ont pas. Elle ne le sait pas, mais elle est la plus belle des filles de la famille. Avec ses yeux bleus et sa chevelure noire, elle ressemble à Blanche-Neige.

Dana veut briller. Alors, comme pour être entendu il faut avoir quelque chose à dire, elle raconte des blagues. Et pour être regardée, elle s'est inventé une façon de s'habiller qui n'appartient qu'à elle… »

Dans cette famille nombreuse, Dana aimerait des moments juste pour elle toute seule. Heureusement, Grand-Mère Léo est là !